LE ROMAN A UN FRANC

ET

LES JOURNAUX LITTÉRAIRES ILLUSTRÉS

A CINQ CENTIMES LA LIVRAISON.

CHALONS-SUR-MARNE, IMPRIMERIE DORTU-DEULLIN.

LE ROMAN

A UN FRANC

ET

LES JOURNAUX LITTÉRAIRES ILLUSTRÉS

A CINQ CENTIMES LA LIVRAISON

A NOTRE ÉPOQUE,

Par CH. GILLET.

CHALONS-S-MARNE,	PARIS,
X. CURY, libraire-éditeur.	E. DENTU, libraire-éditeur.

1864

I.

...... C'est dans toutes les affaires de la vie qu'il faut accepter la lutte du bien contre le mal.

(Lettre de **M. Molé** à **M.** de Tocqueville , 14 septembre 1837.)

Depuis une vingtaine d'années environ, on s'est beaucoup occupé de l'influence qu'exerce sur l'intelligence et sur la moralité publique le genre de littérature connu sous le nom de littérature romanesque.

Cette littérature était servie au public sous trois formes principales :

La première forme était celle du Roman à 3 fr. 50 c., 5 fr. ou 7 fr. 50 le volume;

La deuxième, le Roman de cabinet de lecture, au loyer de 20 cent. le volume;

La troisième forme était celle du Roman feuilleton, distribuant ses enseignements aux populations à l'aide des journaux politiques périodiques et quotidiens, dont il était le plus puissant attrait.

Pendant que le Roman étalait dans le monde entier toutes ses beautés sous différentes formes, il se faisait un examen sérieux de la valeur intrinsèque et relative de cette production littéraire.

De l'examen auquel se sont livrés des hommes instruits et consciencieux, des recherches et des travaux dus à l'impulsion de plusieurs sociétés savantes, il est résulté un accord à peu près général pour reconnaître l'absence de dignité et de moralité dans cette littérature, et les effets désastreux qu'elle devait produire sur les esprits faciles à émouvoir qui s'en nourrissaient.

C'était déjà un résultat utile que cet accord unanime sur l'existence du mal et sur ses causes, mais il restait à indiquer les remèdes à ces maux, puis à employer les moyens de guérison et de salut.

L'indication ne fit pas défaut, ceux qui avaient signalé le danger et le mal, avaient aussi et très-loyalement proposé leurs moyens; il y avait à discerner et à choisir entre tous. Mais les moralistes et les philosophes qui recherchent les causes des phénomènes intellectuels et sociaux, ainsi que leurs effets, sont moins heureux que les médecins du corps; quand il faut guérir, ils n'ont ni le pouvoir ni le droit de poser l'appareil salutaire sur les blessures qu'ils ont signalées. Ces pouvoirs, ces droits sont confiés aux mains des dépositaires de l'autorité publique, et cette autorité, souvent emportée par des nécessités d'ordre matériel, remet à d'autres temps les préoccupations de l'ordre intellectuel.

Les chefs ou les législateurs de peuples sont animés de bonne volonté; mais ils sont absorbés, tantôt par une lutte avec des ennemis de l'extérieur, dans des jours néfastes avec ceux de l'intérieur; ou bien encore, il faut lutter avec une crise alimentaire, et pendant ce temps, le dissolvant social a fait son chemin; il s'est répandu facilement comme une inondation continue et permanente.

Il ne faut pas cependant désespérer de la situation, le peuple en France a encore de bons instincts; s'il se laisse entraîner par un mirage trompeur, il résiste aussi dans ses bons moments aux mauvais entraînements; quand il s'aperçoit enfin que cette nourriture romanesque est malsaine et de mauvaise qualité, il hésite à se l'assimiler continuellement. Il y a un moment d'arrêt où la production ne trouve plus avec facilité le placement de ses sophistications, et où elle est menacée dans ses tristes moyens d'existence.

Que faire en pareil danger? Le meilleur serait de se livrer à un métier honnête; mais c'est bien difficile, quand on n'y est pas préparé. Et puis l'amour du lucre est là, il y a d'anciennes marchandises à écouler, de nombreuses pièces sur le métier, de vieilles habitudes à suivre. N'y aurait-il pas moyen d'écouler tout cela, à l'aide de replâtrage, d'un peu de vernis ou d'un cadre doré faux? Si, non content de ces attraits nouveaux, on les corroborait d'une grande baisse de prix, si on offrait pour 20 cent. (4 sols) la matière d'un volume, et, de plus, des illustrations, ne trouverait-on pas des consommateurs en plus grand nombre que jamais? Ce projet est mis à exécution; il a du succès; et c'est ainsi qu'est venue au monde, il y a peu d'années, la littérature à 20 cent. la livraison, avec illustrations; le tout contenant la matière d'un volume in-12 de 3 fr. 50 c.

Tout passe par cette forme et dans cette filière : romans anciens et nouveaux, romans morts-nés ou morts de vieillesse, reçoivent le baptême de la publicité illustrée. Cette transformation est facile à comprendre, car si le style, l'esprit ou la morale n'ont pas changé, des dessinateurs habiles, adroits et prompts ont fourni leurs arabesques et leurs poses hasardées, de manière à parler aux yeux, si le texte ne parle pas assez à l'intelligence. Ainsi, l'imagination du lecteur s'échauffe et s'exalte par la lecture et par le regard ; trop heureux s'il en sort la tête saine et le cœur sans trouble.

Il nous souvient avoir vu longtemps au frontispice de ces livraisons à 4 sols un dessin assez hardiment tracé, représentant une femme aux formes très-apparentes, et qui n'avait pour vêtement qu'un petit masque sur le visage ; ce dessin a dû se tirer à plus d'un million d'exemplaires, et de jeunes enfants ont pu et peuvent encore repaître leurs yeux d'images dont les réalités ne se voient qu'aux arcanes de la science,... et aussi aux lieux impurs de la débauche.

II.

Au rabais.

Mais, hélas ! tout s'use, tout passe en ce monde, les mauvaises choses, fort heureusement, n'ont pas longue vie ; elles portent en leur sein un germe corrupteur qui les fait enfin tomber de consomption. Vous offrirez en vain une quantité énorme de produits littéraires, si la qualité n'y est pas, le public, longtemps trompé, refusera de se laisser tromper à jamais.

Que faire en cette occurrence ? quel nouveau moyen faut-il employer pour ranimer la curiosité et les appétits détournés par le dégoût ?

Il n'est pas besoin de se mettre en frais d'imagination, d'inventer un condiment nouveau, il suffira de mettre en œuvre les vieux moyens, seulement on doublera leur puissance, on la multipliera par une grande baisse de prix, et par une plus grande abondance d'illustrations.

Voilà donc le moyen : Le bon marché, l'imagerie.

Sur toute la ligne, nous mettrons les romans, nouveaux ou non, à 1 franc le volume, au lieu de 3 fr. 50 c., et nous ferons les journaux littéraires et hebdomadaires avec illustrations à 10 centimes le numéro, équivalant à l'ancienne livraison; et afin de pouvoir pénétrer dans toutes les bourses, dans toutes les chaumières ou les mansardes, nous descendrons jusqu'à 5 centimes. Pour un sou, le pauvre pourra se procurer huit pages d'impressions romanesques, plus une demi-douzaine de gravures sur bois. Quel progrès! quelles lumières répandues à bon marché! On n'est pas descendu jusqu'à présent au-dessous de 5 centimes pour les journaux littéraires, mais le volume à 1 fr. a déjà subi une dépréciation, grâce à la qualité de son contenu; des maisons de librairie l'offrent tout neuf, sortant des presses, à Paris, pour 90 cent.

Est-ce tout pour ces infortunés? Non, pas encore; s'ils ont été lus une fois, si le coupe-papier a eu l'indiscrétion d'ouvrir leurs pages de manière à permettre à un acheteur prudent une vérification honnête, quoique prompte, ils deviennent invendables.

Il y a tel libraire, juste appréciateur, qui refuse de reprendre, au prix de dix centimes, le volume qu'il a vendu la veille un franc, et il a raison; la marchandise n'est plus sous l'enveloppe, elle peut être vérifiée, elle est invendable; du reste, le lecteur dupé a compris qu'il ne devait pas remettre en circulation de la fausse monnaie ou une substance vénéneuse, la morale et la loi le défendent, et il a livré à la flamme épuratoire cette denrée malsaine.

Cependant, il faut le reconnaître, tous les lecteurs n'agissent pas ainsi. Chacun a sa méthode ou son genre de destruction. Les uns, et ce sont les moins nombreux, lisent un petit volume en wagon, pendant que le train se précipite sur le rail, et après lecture faite, que le volume soit plaisant ou qu'il soit déplaisant, ils le jettent par le vasistas de la portière, sur la voie de fer; c'est pour le plus petit bonheur du garde-ligne, qui espère par cette trouvaille récréer sa famille pendant les longues veillées d'hiver. Ces lecteurs ont évidemment un penchant à la prodigalité, et s'ils ne sont pas très-riches, ils risquent de se ruiner promptement, s'ils sont riches, ils se ruineront plus lentement.

Les autres font de la propagande avec leurs petits mauvais livres, ils les prêtent à tous leurs amis, qui, à leur tour, les prêtent de nouveau à d'autres amis ou bien à des amies; et après avoir fait le tour d'un certain monde, les volumes reviennent à leur propriétaire, sauf ceux qui restent en route, tachés d'huile, d'encre, de crayon, de tabac, etc.

En ce dernier état, ils n'ont pas encore terminé une pénible existence, car ils appartiennent, avant de mourir, au bouquiniste de brochures, qui, en pressant bien, trouve à en tirer quelques bénéfices, par la revente ou le louage à vil prix. A ce moment de leur existence, ces livres sont bien près de leur mort, ils n'ont plus qu'un souffle de vie qui les conduit chez l'épicier, où ils remplissent une fonction toute particulière, et qui fait le désespoir des auteurs de leurs jours. Après cet épisode d'une vie plus ou moins bien remplie, il n'y a plus que la tombe.

La Mort apparaît sous la figure d'un vieillard portant, au lieu d'une clepsydre, une hotte; au lieu d'une faux, un bâton crochu. Le vieillard s'arrête en face d'un tas de chiffons, il aperçoit, entre autres choses, des feuillets imprimés, son crochet s'abaisse et se relève en jetant dans le panier d'osier la pauvre trouvaille.

Ainsi finit le livre, mais non pas l'histoire romanesque, car son influence mauvaise reste, si elle a laissé de mauvaises idées ou de mauvaises pensées dans l'esprit ou dans le cœur de ses nombreux lecteurs.

Ce triste sort est-il réservé à tous les produits sortis de l'imagination des auteurs romanesques? Non, pas absolument. La règle générale a eu l'avantage d'être confirmée par des exceptions, même en 1858-59-60.

Tel volume débute à 1 franc, un succès imprévu favorise son auteur, une deuxième édition succède à la première, on la chiffre à 2 fr., et si le succès continue, aidé par la réclame et la curiosité, les éditions se succèdent, sans se corriger, à 3 fr. 50 c. le volume. Telle la pierre que l'enfant projette avec force dans un bassin tranquille, produit des ondulations circulaires qui s'étendent en se propageant; s'il l'eût déposée doucement à la surface de l'eau, elle eût gagné le fond tout aussi vite, mais sans bruit et sans éclat.

III.

A quelque extrémité qu'on se soit exposé,
Qui parvient au succès n'a jamais trop osé.
(*Erreur*. Regnard.)

Le plus grand succès de l'année 1858 a été remarquable par sa promptitude et par son étendue; c'était un mince volume, mais il y avait dans ces quelques pages je ne sais quel feu caché qui a embrasé avec une rapidité inouïe les imaginations des deux sexes, et en trois ou quatre mois l'ouvrage est arrivé à sept éditions (1), c'est à peine si elles ont pu assouvir la curiosité surexcitée. Le prix ayant été porté à 3 fr. 50 c., ce fut pour l'auteur une fortune recueillie en un coup de filet miraculeux; il est probable que tout n'est pas fini, et que des pêches faites à propos seront encore fructueuses. Cependant les mailles du filet sont bien relâchées, mais le contenu est bien alléchant.

Une femme sensible et sensuelle (2) se livre sans remords à l'adultère; un mari honnête, des enfants aimables, n'ont pas le pouvoir d'arrêter un seul instant cet être qui s'abandonne en toute aisance et liberté aux

(1) En 1860, 20ᵉ édition.
(2) *Fanny*, par Feydeau.

entraînements du vice, en compagnie d'un séducteur célibataire, oisif et désœuvré. Les devoirs de l'épouse et de la mère, non-seulement n'ont pas arrêté la femme coupable, ils ne sont jamais arrivés sous la forme d'une ombre ni à sa pensée ni à sa conscience. Ce n'est pas assez que de détruire dans leurs principes les lois morales, si on n'a pas montré aux yeux du lecteur et de la lectrice les faits eux-mêmes de l'immoralité. Viennent alors les descriptions des entrevues les plus intimes de ces deux amants sans vergogne. Quand une toilette a été décrite, on procède à son enlèvement pièce à pièce, et l'on découvre un à un, avec commentaires, les charmes mis à nu et les plaisirs qu'ils font espérer. Mais ce n'est pas assez, il faut raconter comment les dentelles des doux oreillers, ou les batistes du lit se marient en s'affaissant aux formes arrondies et rosées d'un corps voluptueux ; l'auteur sonde plus profondément encore les mystères d'un boudoir adultérin, nous ne le suivrons pas. Seulement, et c'est là la prétendue moralité de la pièce, après avoir fait assister le lecteur aux scènes où le mari est trahi, on prend la lectrice par la main pour lui montrer l'amant, désappointé, glissant un œil trop curieux à travers les interstices des contrevents du domicile conjugal de son amante, et la voyant prodiguer à son mari, contrairement à ses engagements trop légers envers son amant, des charmes et des caresses, dont ce jaloux amant se croyait l'unique et très-favorisé, mais illégitime possesseur.

C'est dans cette scène et ses suites que l'auteur a voulu placer les moralités de son œuvre, la jalousie de l'amant dans l'adultère de la femme mariée.

Voilà le succès et les moyens par lesquels il a été obtenu, des juges compétents ont appelé cela un succès de scandale ; quoiqu'il en soit, cette friandise a été très-recherchée des palais sensuels, et bien des tables de toilette ou de nuit dissimulent ce petit volume sous papier blanc avec filet bleu, chez des personnes qui jureront ne pas l'avoir lu.

Un autre ouvrage du même auteur fit bientôt un appel à la curiosité publique excitée. Le premier ouvrage n'avait qu'un volume, le suivant en eut deux ; coûtant plus cher, il devait rapporter davantage. Mais ces deux volumes valaient-ils mieux ? La question n'est pas difficile à résoudre ; que le lecteur soit juge. Ce livre a pour épigraphe une phrase significative, empruntée à un écrivain mort le 13 avril 1794, peu après une effrayante tentative de suicide.

Voici cette phrase : « Quand un homme et une » femme ont l'un pour l'autre une passion violente, » il me semble toujours que, quels que soient les » obstacles qui les séparent, un mari, des parents, *et* » *cætera*, les deux amants sont l'un à l'autre de par la » nature, qu'ils s'appartiennent de droit divin, malgré » les lois et les conventions humaines. » Chamfort (1).

(1) Chamfort était bibliothécaire de la Bibliothèque impériale lors de la première révolution, dont il fut d'abord partisan ; mais les excès de 92 et de 93 le révoltèrent, il ne cacha point sa réprobation. Il eut de lâches

Telle est la note inscrite — sans commentaires — sur la première page de *Daniel* : Pères, mères, maris, fils, filles, conventions et lois humaines, arrière ! n'empêchez pas les rapprochements illégitimes et adultérins. Les lois de la morale, les lois de la famille, qu'est-ce que tout cela en face d'une passion violente? On avait cru jusqu'à présent que ces mauvaises passions devaient céder la place devant l'honneur et l'honnêteté, on avait enseigné que la vertu devait l'emporter sur le vice; cette croyance, cet enseignement sont conformes au cri de la conscience. Quand les passions mettent en danger la paix de la famille, son existence même, il faut les réprimer, les éteindre, et faire abnégation des mauvais désirs. Ah! oui, sans doute, pour tout homme de sens; mais pour notre auteur en vogue, voyez ce qu'il répond : « Je ne sais pas de vertu plus niaise que l'abnégation. »

Il y aurait donc des vertus niaises, et la plus niaise serait l'abnégation. Triste théorie! elle est dangereuse, elle est plus fausse encore.

A toutes leurs qualités, les héros de ces livres joignent une singulière monomanie, c'est celle d'écouter aux portes ou de regarder les femmes à travers les fentes des volets ou des clôtures.

---

ennemis. Du reste, sa place était enviée ; on le fit arrêter et emprisonner aux Madelonnettes. Il y resta peu de temps, fut relâché. Plus tard, on voulut le conduire de nouveau en prison ; il avait juré de ne pas y retourner, et, pour se soustraire à l'incarcération, il se tira un coup de pistolet à la tête, se porta des coups de rasoir à la gorge et aux jarrets. Néanmoins, il ne mourut point immédiatement de ces blessures.

On appelle cela en langage vulgaire espionnage, et nous faisons comme le vulgaire.

Cette manie nous déplaît souverainement; il y a lieu de croire qu'elle déplaît à beaucoup d'autres personnes ; nous l'espérons, pour l'honneur de notre époque.

« Machinalement, dit Daniel, je me dirigeai de ce » côté, et me baissant, j'appliquai l'œil à la fente ou- » verte dans la muraille........................ » ...... mais, appliquant de nouveau mon œil à la » muraille............... comme je n'apercevais » pas bien, j'écartai doucement le papier de tenture *(ceci constitue l'espionnage avec bris et effraction)*, » et alors regardant, je vis le plus délicieux tableau » qui ait jamais enchanté les yeux d'un homme; je ne » voyais rien qu'un talon adorable, etc., etc. Enfin, » mes yeux s'arrêtèrent aussi sur ses épaules bril- » lantes. »

Le talon adorable (c'est probablement la première fois qu'on applique le mot à la chose) appartient à une jeune fille nommée Louise, que Daniel, quoique marié, mais mal marié, va bientôt aimer violemment. La jeune personne, ainsi épiée, est à genoux, elle dit ses prières, se couche et s'endort pendant qu'un œil scrutateur épie tous ses mouvements, ou qu'une oreille indiscrète écoute ses soupirs.

Nous conseillons aux jeunes personnes qui auraient des voisins comme Daniel de prendre bien garde aux fissures des parois; il est inutile qu'un indiscret les

observe pendant qu'elles prient ou qu'elles s'enseve-
lissent avec confiance dans un lit virginal. Un indiscret s'en va ensuite conter au public la forme du talon
et le brillant des épaules.

Il y a là un genre de profanation, un défaut de sentiment des plus simples convenances, qui est le vice
de tous les Daniels possibles.

Ce roman, si bien commencé sous l'épigraphe
précitée, est terminé par une scène renouvelée des
mélodrames les plus échevelés et des histoires les plus
lugubres et les plus sanglantes.

Louise meurt. Daniel va pendant la nuit au cime-
tière où repose le corps de sa bien-aimée. Il descend
dans la fosse ; il remonte ; — puis « il redescend
» dans la fosse, tire à lui la dalle de marbre, il la fait
» retomber sur sa tête et s'enterre vivant.

» Le lendemain on les retrouva.

» Le cadavre gisait auprès d'elle, un bras mollement
» passé autour du cou. *(Ceci constitue la profanation*
» *de sépulture.)* Daniel s'était poignardé dans la tombe,
» son cadavre était sanglant, et le sang, jaillissant de
» la plaie, avait ensanglanté le blanc linceul de la
» morte. »

Quand un homme a de pareilles idées dans le cerveau, c'est qu'il a bien évidemment le cerveau malade, ou ce qu'on appelle une maladie noire, c'est-à-dire
qu'il est hypocondriaque. C'est un cas de thérapeutique
pour lequel on s'adresse aux médecins qui traitent
cette spécialité. Il est bon, dans cette circonstance, de

se soigner par les bains tièdes prolongés, les pédiluves, les applications d'eau froide sur la tête; il faut éviter surtout pendant le cours de la maladie de donner le jour aux sombres élucubrations d'une intelligence fantasque; le public n'a pas besoin de les connaître.

Quand on veut écrire, il faut avoir l'esprit solide et le corps sain, si c'est possible.

Mens sana in corpore sano.

Dans les travaux de l'ordre intellectuel, il faut au moins être aussi prudent que dans les travaux de l'ordre physique, soigner, en cas de maladie, son intelligence comme un ouvrier fiévreux cherche à se guérir, afin de gagner honorablement le pain de sa famille, et de ne pas compromettre par un travail maladroit et ses camarades et les moyens d'existence de leurs enfants.

On dirait que ces idées simples et conformes au sens commun n'apparaissent point aux producteurs d'une littérature effrénée.

IV.

> Combien de fois l'indiscrétion n'a-t-elle pas compromis les intérêts des peuples, des rois, des familles, des individus ?
>
> (Comtesse DE BRADI.)

Autant il faut déplorer ces abus et les tristes effets d'une littérature sans boussole et sans morale, autant il faut rendre hommage et honneur aux écrivains habiles et consciencieux dont les travaux, dans le champ de la fiction et du roman, sont toujours marqués au coin de l'honnêteté, du respect d'eux-mêmes et du respect des autres; ils sont appréciés par une clientèle d'élite, recherchés par des lecteurs de goût, et ils trouvent des récompenses à leurs travaux dans des distinctions honorifiques en même temps que fructueuses. Mais, à l'égard de la masse des lecteurs, *servum pecus,* les bons écrivains sont débordés par des émules peu dignes de tenir la plume, qui recherchent, avec ou sans talent, un succès de mauvais aloi, par l'étalage public d'histoires et de scènes scandaleuses choisies dans les bas-fonds du vice et de l'immoralité.

Il y a des livres dont les titres et les sous-titres pro-

mettent les révélations du malin enfant armé du car-
quois :

> Je veux, qu'alléché par le titre,
> Maint lecteur l'achète, et, partant,
> Que de ton sort il soit l'arbitre.
>
> **Fr. DE NEUF.**

Tels sont les titres : *Bibliothèque de l'Amour et de la
Galanterie, les Cotillons célèbres.*

L'auteur de ce dernier ouvrage nous entretient des
amours de François Ier ; des légèretés du roi vert-ga-
lant ; des intrigues amoureuses du roi Louis XIV, qui,
s'il fut un grand roi, le fut par d'autres actes.

Que nous font aujourd'hui les Parabère, les Nesle,
les Pompadour et les du Barry, dont vous refaites
l'histoire, déjà faite cent fois avant vous. Laissez donc
le voile des siècles qui est tombé sur ces scandales
surannés. Toutes ces historiettes ne nous instruisent
plus, et si vous voulez écrire, montrez-nous autre
chose, ou n'écrivez pas. Laissez ces femmes mortes
dans leurs tombeaux ; elles ont été mieux jugées que
vous ne les jugerez.

Parlerons-nous d'un genre d'ouvrages où l'on pro-
met une étude sur le vif, et des révélations de secrets
d'hommes et de femmes qui vivent encore, ou qui
sont à peine morts. On mettra pour titres : *Lui, Elle
et Lui.* On emploiera des pseudonymes qui ne cachent
rien. Le nom de l'écrivain, homme ou femme, est un
flambeau qui conduit le lecteur au milieu d'un dédale
d'aventures où l'intelligence ne s'égare pas, mais où
s'égarent le cœur et les sens.

Comment, madame, vous êtes femme, vous êtes auteur, vous êtes annoncée comme ayant été couronnée quatre fois par l'Académie française, et vous traitez un académicien de cuistre, de vieux cuistre, et ceux qui ont suivi ses leçons de jeunes cuistres. Vous dites qu'il a eu des torts envers vous. En a-t-il aujourd'hui? Faut-il que vous le salissiez? Vous ne voyez donc pas qu'il est maintenant un des rares représentants de l'indépendance d'esprit et de la dignité du caractère?

Qu'avez-vous besoin de nous révéler les confidences de vos amants morts? Ont-ils eu confiance en vous pour que vous abusiez de cette confiance? Êtes-vous autorisée à faire ces révélations? Non. Mais alors vous faites une mauvaise, une très-mauvaise action.

C'est une femme qui stéréotype aux lèvres d'un poète, son ami, une phrase comme celle-ci :

« Elle me demanda de lui dire des vers d'amour; » et les vers dits, je voulus les mettre en action. Elle » m'échappa. »

C'est une femme qui fait dire à une fausse marquise :

« En ce moment, j'oubliai ses traits flétris ; c'était » l'appel de l'esprit au génie. Lui crut à un tressaille- » ment, à un transport de la chair, et il me pressa sur » son cœur dans une telle ivresse, que j'en perdis » comme le sentiment.

» Excepté Léonce, aucun homme ne m'avait jamais » embrassée de la sorte. »

Et qu'avons-nous besoin de savoir comment Albert

et Léonce vous embrassaient? De quelle utilité cela peut-il être pour vos contemporains?

Je ne comprends pas cette fureur de dénigrer, de dévoiler les autres, de montrer ses amis et ses ennemis dans leurs plus grandes erreurs, dans des situations qu'on ne s'avoue pas dans le for de la conscience.

A quoi sert-il de nous décrire la scène nocturne où Albert et la danseuse africaine sont surpris en conversation criminelle par Antonia, rivale et jalouse?

Cette maladie de dénigration des célébrités, qu'on désigne sans les nommer, est d'autant plus fâcheuse, qu'on ôte aux victimes la ressource d'un démenti.

Il est dans le monde des lettres un biographe bien connu, qui a subi plusieurs condamnations judiciaires pour articles biographiques contraires à la loi. Cet homme marchait ouvertement, on pouvait lui répondre, le confondre. Tandis qu'avec le système de pseudonyme ou d'anonyme, car c'est tout un, vous ôtez à ceux que vous attaquez la faculté de vous dire : « Vous en avez menti. »

Vous commettez, madame, pareille énormité, et cependant vous avez du talent. Quand les bons instincts reprennent le dessus, vous avez de bonnes pensées que vous exprimez bien; je veux citer une de vos phrases, afin de montrer que vous pouvez faire mieux que du scandale :

« Quand la conscience ne dirige plus nos actes, que
» l'intérêt et la vanité deviennent les seuls mobiles de
» l'esprit, toute notion d'honneur et d'idéal disparaît.»

Vous avez raison ; mais ajoutez : Quand le dépit ou la vengeance nous animent, nous sommes injustes envers nos ennemis, nous le sommes aussi envers nos amis.

Ne nous étalez plus toutes les misères de l'intelligence et de l'âme de celui-ci ou de celle-là, sous le prétexte de faire un livre, mais en réalité pour faire de l'argent.

Si nous avançons réellement dans la voie de la civilisation au point de vue des progrès matériels, il faut que des progrès de même nature s'accomplissent au point de vue intellectuel.

Au moyen âge, il était de mode, dans la tourbe des mendiants, de faire l'étalage public de plaies, vraies ou fausses, pour intéresser et apitoyer le passant. Des hommes, des femmes, reniant leur jeunesse, leur force, leur pudeur, se vieillissaient ou se blessaient à volonté. C'était à qui serait le plus laid au grand jour, à qui étalerait la lèpre la plus honteuse.

Ces mauvaises habitudes ont disparu devant la réprobation publique, et la lèpre a disparu comme les mauvaises habitudes.

Quand on a des plaies, même en littérature, il faut les cacher. Couvrez d'un voile vos vieilles erreurs, vous les guérirez plutôt qu'en les exposant au public; au moins, vous ne les communiquerez point par contagion.

Consultez les docteurs en médecine et en chirurgie,

ils vous diront que, pour guérir une plaie par déchirure, incision ou contusion, il faut la couvrir d'un bandage épais et bien serré.

Nous ne mettons pas dans la catégorie des livres dont nous venons de parler un ouvrage dû à la plume et au cœur indigné de M. Paul de Musset. Une provocation avait été faite, il fallait une réponse; cette réponse est renfermée dans *Lui et Elle*.

On comprend ce livre, il est dicté par l'indignation, il est l'exécution de la volonté d'un mourant, d'une victime, exprimée en ces mots :

« Mais, si elle avait l'audace de mentir à Dieu et
» aux hommes, jusqu'à dire que j'ai été un ingrat,
» un fou, un méchant, quand c'est elle qui m'a trahi,
» enlevé à la raison et empoisonné le cœur, arrive
» alors, comme la statue du commandeur au souper
» du don Juan.

» — J'arriverai.

» — Marche sur le mensonge, et écrase-le.

» — Je marcherai dessus, et je l'écraserai.

» — Le mandat que je donne est facile; pour le remplir, il suffit de m'aimer et d'être honnête homme.

» — Je le remplirai; je le jure. »

Pierre a tenu parole.

Le mourant prévoyait et craignait la profanation de sa mémoire.

Il a laissé à un homme de cœur la mission de prendre soin de son honneur par l'exposé de la vérité;

cette vérité doit couvrir de confusion ceux qui ont donné lieu à ce qu'elle fût mise au jour.

Confusion, hélas ! il y a des gens qui n'en éprouvent point ; à ce mot, ils vous rient au nez.

Ils ont fait du bruit, ils ont fait du scandale ; ils ont gagné quelque argent, ils ont même du succès : c'est tout ce qu'il leur faut. Croyez-vous qu'ils se préoccupent du blâme des gens de goût ? Non ; ils ne s'en préoccupent pas, puisqu'ils trouvent l'écoulement de leurs productions ; et puis, ils taxent leurs critiques d'ignorance et d'impuissance.

Heureuse ignorance ! celle qui ne sait pas spéculer sur le scandale. Heureuse impuissance ! celle qui ne peut pas flétrir d'innocentes victimes. Doublement heureuse l'impuissance qui ne cultive pas le honteux et le dangereux métier de faire de l'anonyme !

Après les noms qui se cachent ou que l'on cache sous des pseudonymes transparents, on peut sans difficulté classer les noms qui s'avouent très-hautement et avec affectation. Tels sont les mémoires de Mimi Bamboche, ceux de Rigolboche, et, pour ne pas énumérer toutes ces filles au pied léger, on les appellera *ces dames*, en abusant d'un mot qui ne devrait s'appliquer qu'à de toutes autres personnes.

Pour donner plus d'attrait au livre d'une petite danseuse de dix-septième ordre, on y ajoutera un portrait photographié d'après nature, où la pierrette en danse lève le pied à la hauteur de l'œil. La pierrette est assez laide, du reste ; elle a de l'esprit comme une danseuse, dans les pieds et dans les pieds seulement ;

Mais de cervelle point.
LAFONTAINE.

Cependant, jamais pied de femme n'était monté si haut d'un seul jet.

C'est ainsi qu'on explique le succès de Rigolboche, de ses mémoires, et du petit livre en réponse, dont le titre est : *A bas Rigolboche!* C'est l'effet d'un coup de pied.

Les photographies de ces dames, avec la description du caractère, l'adresse, les prix élevés et les prix bas, le thermomètre particulier, tout cela, réuni en un petit volume, constitue un véritable prospectus, où les hommes qui veulent faire des folies trouvent les moyens et les conditions de ces folies.

Quand Daguerre et Niepce de Saint-Victor, par leurs travaux et leurs recherches sur la lumière, s'efforçaient de fixer dans la chambre obscure une image sur une plaque métallique ou sur une plaque de verre, ils ne prévoyaient pas quel triste usage la photographie ferait de leur invention.

Ils étaient loin de prévoir que les grisettes photographiées enverraient leur *type au Daguerre* aux messieurs jeunes et vieux en recherches d'aventures ; ledit type orné et commenté par des plumes serviles ou vendues.

Ils étaient loin de prévoir à quelles obscénités descendraient les photographies sur le nu, mises en relief par le stéréoscope.

Le genre de livre dont nous venons de parler n'est pas le dernier genre ni le plus bas.

Plus bas encore que le genre révélateur, délateur et nettement indécent, il y a des livres que nous sommes obligés de passer sous silence, parce que l'enseigne qu'ils portent est un mot qui n'a cours que dans l'argot du désordre.

Il est dans la société des choses qui, officiellement, n'ont point de nom particulier, on les désigne par une périphrase, on les tolère ; mais on les cache. Ce sont des plaies qui sont au mal social ce que des exutoires sont au mal physique. Dans ces choses, comme en tout, il est des degrés, non pas plus ou moins élevés, mais plus ou moins bas. A ces degrés les plus bas, les êtres infimes qui ne connaissent que l'argot ont appliqué des mots de leur triste langage. Eh bien ! ces termes d'argot et de débauche ont été mis en vedette sur des petits livres dont le contenu répond à l'étiquette. Il s'est trouvé des écrivains aptes à remplir de telles pages, apparemment comme à certain siècle de notre histoire il s'est trouvé des personnes faisant métier d'empoisonner les familles.

Ces publications ont vu le jour vers la fin de 1860 ; elles ne sont point à l'honneur de cette fin d'année. Nous voulons espérer que l'année 1861 n'aura pas à flétrir d'aussi basses publications.

V.

At hercules homini plurima ex homine sunt mala.

C. Plini secundi.

Mais l'homme, grands dieux ! n'a pas d'ennemi plus

cruel que l'homme.

Si ce triste genre de composition pénètre bien profondément dans le sein de la société, à l'aide du roman à un franc, il descend bien plus loin, à l'aide des journaux prétendus littéraires et illustrés, à dix centimes et à un sol ; c'est une pluie romanesque pénétrant par infiltration dans le corps social comme l'eau dans le corps terrestre, avec cette différence que l'eau salutaire distribue les sources de la vie, et l'autre pluie distribue des sources empoisonnées.

De ces petits journaux illustrés dont l'ensemble nous paraît dangereux, il est possible de faire deux ou trois exceptions, qui servent là, pour ainsi dire, de témoins chargés d'attester que le mal, dans ce genre de publication, n'est pas inévitable, et que le mieux a des chances de réussite, et le bien des chances d'existence. Mais si cette bonne espèce parvient à subsister, elle est surpassée pour l'étendue de la publicité par une douzaine d'autres qui ont su faire tomber plus abondamment dans leur escarcelle le billon de l'enfant, du jeune écolier, de l'ouvrier, des jeunes filles, ou quelques petits sous produits par l'économie de la cuisinière au marché du samedi.

Il n'y a plus rien à dire de la valeur intellectuelle de ces productions, elle est plus que nulle, elle est mauvaise ; si, en outre, sa cote mercantile est à deux sols ou à un sol, la valeur morale est au-dessous de zéro ; s'il était possible de descendre plus bas, il faudrait le faire, mais l'ordre des expressions mathématiques ne le permet pas.

Quand on voit les amours des deux sexes dans des êtres libres et trop libres de leurs personnes et de leurs cœurs étaler leurs progrès depuis la plus petite étincelle jusqu'aux flammes les plus ardentes, depuis les plus minces légèretés jusqu'aux désordres les plus graves, depuis les fautes vénielles jusqu'aux crimes, on n'a pas tout vu.

On n'a pas vu les trahisons du mari et celles de la femme, les jalousies de ménages et de familles, les morts par le chagrin, l'amour, le charbon et le poison, les vengeances lentes ou précoces ; est-ce tout ? Pas encore ; les arsenaux du crime réel ou imaginaire sont inépuisables : il y a les coups d'épée et les coups où parle et retentit la poudre, au grand effroi du public, et les cas de médecine légale ou de cours d'assises ; tout cet attirail est nombreux et ne mérite pas ici une énumération complète. Voilà les histoires dont peuvent se nourrir à très-faible prix les deux sexes et tous les âges de l'humanité : l'enfant et le vieillard, la jeune fille et la mère de famille.

Quels tristes enseignements répandus avec profusion ! Quels tableaux et quelles scènes ! Quand un président de cour d'assises prévoit que ces scandales se dérouleront dans le cours d'un débat, il ordonne, au nom de la loi et de la morale, un huis-clos rigoureux, et c'est avec justice ; il faut arrêter la curiosité du public, quand elle a des dangers.

Pour donner un avant-goût du contenu de l'œuvre, on tâche de concentrer dans un titre affreux un sens qui inspire en quelques mots l'horreur ou la passion.

On pourrait faire une longue liste de ces titres flamboyants comme une enseigne. Citons-en seulement quelques-uns, comme : *Les Filles de Satan ;* — *Les Etrangleurs,* etc.; — *Le Médecin des Voleurs ;* — *Struensée ou Zanetta l'empoisonneuse ;* — *La Haine dans le Mariage ;* — *Les Amours de Vénus,* etc. Ce n'était pas assez, nous l'avons dit, d'offrir ces titres et ces tristes lectures à un public qui n'en voulait plus, il a fallu, pour le rappeler, ajouter à l'attrait du texte l'appât des images ; le tout au même prix de un ou de deux sols.

VI.

Maxima debetur puero reverentia.
JUVÉNAL, sat. 14ᵉ.
Respect à l'enfance.

En fait d'art et même d'industrie, il est bien difficile de faire du bon et du beau à très-bas prix ; aussi les célèbres illustrations ont bien baissé en mérite, si jamais le mérite leur appartint, si encore elles avaient gagné en modestie ou en décence. Hélas ! il s'en faut de beaucoup. Ce sont toujours les gestes les plus dramatiques, les poses les plus échevelées, des visages irrités, des regards sataniques ; voilà pour la colère ou la haine. Mais quand il faut peindre, à l'aide du dessin, l'amour et son cortége, le crayon s'égare et s'oublie en traits qui visent et arrivent souvent à l'obscénité. Si on veut reproduire l'image d'une femme, le vêtement sera aussi court, aussi négligé que possible, des genoux découverts, des poitrines sans voiles, des tailles enlacées par des bras contractés, tout ce qui constitue enfin la gravure indécente ; et, pour ajouter à la publicité, tout cet appareil s'étalera aux vitres des magasins, afin de surprendre la prudence du père de famille, qui ne veut pas introduire ces curiosités dangereuses au milieu de ses enfants.

L'imagination de l'enfant s'arrête étonnée devant ces imageries qu'il faudrait lui cacher, elle s'y attache surexcitée; elle comprend trop tôt les mystères de l'avenir, et peut causer une précocité que la sagesse ordonne de retarder.

Le père de famille aura pris mille précautions pour éloigner des chastes yeux de son fils et de sa fille ces lignes et ces tableaux imprudents; sans qu'il le voie ou sans qu'il le sache, ils entreront au foyer par le carton de l'écolier, à l'aide du fameux sol obtenu de la tendresse des grands parents ou économisé sur un achat de pommes ou de papier.

C'est si peu de chose que cinq centimes, c'est vrai; mais en l'employant mal, un sol devient dangereux; les occasions sont faciles et la tentation incessante.

Il n'est pas permis, et cela avec raison, de porter atteinte, par des écrits ou par des gravures, au respect dû au principe de l'autorité, mais les atteintes à la décence, à la moralité se développent avec une aisance et une latitude immenses; on dirait que les écrivains, issus de la politique en 1848, dans les journaux qui avaient pris des titres copiés sur 1793, comme *Le Père Duchesne ;* — *La Guillotine* ou *La Canaille*, se sont rejetés forcément sur les journaux illustrés à un sol, qui, sous prétexte de littérature, n'ont rien à craindre des lois sévères auxquelles sont soumis les journaux politiques.

Autant le mot littéraire est respectable en lui-même, et relativement aux écrivains honnêtes, autant il faut déplorer qu'il abrite dans un repli caché de son drapeau des membres peu dignes de la république des lettres.

Ce malheur arrive dans les professions les plus honorables, les uns apportent à leur profession autant d'honneur qu'ils en reçoivent, d'autres infortunés se tiennent au-dessous du niveau de l'honneur.

C'en est assez ; n'énumérons pas toutes les plaies de cette littérature malade. Nous en avons assez vu et assez dit pour constater la situation et ses dangers. Nous avons la conviction qu'indiquer un danger à ceux qui l'ignorent est un devoir à remplir. Nous n'avons pas plus hésité que nous n'hésiterions à retenir un enfant ou un aveugle qui, dans une marche, irait se précipiter dans une excavation qu'il n'apercevrait pas.

Sans doute, nous mécontenterions l'enfant au moment où nous l'arrêterions dans sa course joyeuse ; mais, à cela près, il n'en faut pas moins accomplir une bonne action.

Dans notre temps, les chefs de famille sont très-préoccupés des travaux manuels et des affaires commerciales, ils ne donnent point assez d'attention au foyer intérieur ; ils voient trop légèrement les mauvaises lectures et les mauvaises images qui se glissent sous les yeux de leurs enfants.

C'est aux pères de famille que nous nous adressons ; c'est sur leur bon sens, leur jugement exercé avec plus d'attention, que nous comptons pour écarter tous les mauvais produits d'une littérature usurpatrice de ce nom sacré.

C'est aussi, c'est surtout aux mères que nous recommandons de veiller sur le cœur, sur l'intelligence si tendres de leurs enfants. Eloignez de leurs yeux, de leur imagination, les mauvaises images, les mauvaises lectures, comme vous éloignez les mauvais aliments nuisibles à leur santé physique.

Votre tendresse est sans pitié, quand votre enfant veut s'empoisonner par ignorance; vous lui retirez le poison avec violence, et votre violence est juste. Agissez de même pour la nourriture de l'esprit; pas de fausse tendresse; jetez au loin, jetez au feu toutes ces impuretés intellectuelles, qui feraient d'un homme une femmelette, et d'une femme, rien.

Si ce que nous avons dit mécontente quelques écrivains, nous n'y pouvons rien. Ils doivent faire en sorte de ne point mériter le blâme. Quand on a une vérité à dire, quand cette vérité n'est contraire ni à la religion, ni à la morale, ni à l'ordre civil, ni à l'ordre politique, et qu'elle est applicable à la littérature trop légère et scandaleuse, on ne doit pas craindre de la manifester. Doit-on se taire, parce qu'on risque de déplaire à M. X, ou à Mme *** ? Non. Au xixe siècle, on doit être moins craintif pour les petits amours-propres mal placés, quand ces petits amours-propres se permettent des publications dangereuses et des actions mauvaises.

Ce n'est point dans la flatterie des succès scandaleux, quelle que soit leur étendue, que nous plaçons la noblesse du caractère et l'indépendance de l'écrivain.

Nous connaissons le peuple et ses goûts littéraires, nous savons que, même au milieu de ses erreurs, il recherche le bien, la vérité, il est comme un aveugle égaré cherchant en vain sa route et ne la trouvant jamais; il écoute sans discernement les faux avis et les mauvais renseignements.

Oui, le désir d'instruction est grand aujourd'hui chez nous, ceux qui parlent à la foule sont sûrs d'être écoutés. L'attention publique est surexcitée; il lui faut de bonnes paroles, sous quelque forme que ce soit, légère ou grave, gaie ou sévère, romanesque ou historique. Mais, au nom du ciel! messieurs les écrivains, que ces paroles soient bonnes! Vous avez un vaste champ à exploiter, semez-y le bon grain, et ce que vous aurez semé vous sera rendu au centuple.

En définitive, vous êtes dans une mauvaise voie, vous devez le sentir, et vous entraînez les auditeurs derrière vous. Ne pourriez-vous pas, au moyen d'un violent effort, entrer sur une route meilleure, par laquelle vous arriveriez à ce magnifique but qu'on appelle une conscience satisfaite. Ne savez-vous donc pas que, de tous les bonheurs terrestres, il n'en est pas de plus grand que celui-là? Enumérez tous les plaisirs, toutes les joies, toutes les satisfactions d'ambition et de gloire par lesquels vous êtes passés, et quand vous aurez compté tout cela, dites vous bien que vous ne connaissez rien, si vous ne savez pas ce que c'est qu'une conscience satisfaite par l'honnêteté de la vie.

Il est indubitable que nous ne blâmons ici rien

autre chose que les abus d'une mauvaise littérature, précisément à cause de la haute estime que nous professons pour la littérature saine et de bonne volonté.

Loin de nous la pensée de porter la moindre atteinte à l'indépendance de l'écrivain ou de l'artiste, ni de leur refuser la somme de liberté nécessaire à l'exercice d'une noble profession ; nous blâmons seulement l'abus de la liberté ou la licence, et nous croyons qu'une action de l'ordre matériel ou de l'ordre intellectuel ne doit s'exercer que dans les limites de l'honnêteté.

La morale et l'honneur ne sont-ils pas d'obligation rigoureuse dans l'enseignement public pour l'instituteur ou le professeur, et s'ils s'en écartaient, ne seraient-ils pas coupables et bientôt réprimandés ? Une obligation tout aussi sévère incombe à ceux qui ont la prétention d'amuser ou d'instruire les peuples par la voie de la presse à bon marché.

Tout le monde est tenu aux obligations, aux devoirs qu'impose la morale publique, le riche et le pauvre, les ouvriers des professions manuelles et les hommes des professions libérales. C'est une des principales conditions de la sanité du corps social. Nous refusons l'éloge aux littérateurs qui ne tiennent pas compte de cette condition primordiale, nous réservons tous nos respects pour les écrivains qui en font le but premier et le dernier terme de leurs travaux.

VII.

Un roman excellent, où tout marche et se suit,
N'est pas de ces travaux qu'un caprice produit.
BOILEAU.

Quand on entreprend un acte important dans la vie, il est bon, il est sage de s'y préparer à l'avance par des épreuves prolongées autant qu'il est nécessaire, et, en outre, il est prudent de se recueillir au moment où l'action va s'accomplir.

Les hommes les moins réputés pour leur intelligence connaissent ce précepte de la sagesse des nations, et le mettent généralement en pratique. Les athlètes, qui veulent briller et triompher par la force physique, donnent dès l'enfance à leur corps les soins matériels qui doivent en développer, en fortifier et la charpente et les muscles. D'autres hommes, mieux avisés, donnent à leur âme, à leur intelligence les soins qui doivent en développer, en fortifier les bonnes dispositions et les belles facultés.

Que fait le véritable soldat quand il veut tirer le meilleur parti et de ses armes et de son courage, ou quand il veut être propre aux fatigues de la guerre, aux dangers des combats, aux périls des batailles? Il prépare à l'avance ses moyens de défense, il endurcit son corps aux fatigues, il aguerrit son cœur, afin qu'au jour du danger l'émotion ne vienne ni ébranler ni aveugler son ardeur. Les qualités de son état, le militaire les acquiert par les longs exercices, les marches, les courses, les combats simulés ; il se plie à la discipline pendant la paix, pour savoir obéir à l'ordre pendant la guerre.

Le chef d'armée, lui aussi, ne se fie pas seulement à son aptitude innée pour le commandement et pour la direction des troupes guerrières, il développe, il mûrit ses qualités premières par de longues études. Avant d'entrer en campagne, avant de présenter à l'ennemi ses nombreux bataillons, le général étudie scrupuleusement tous les moyens d'un loyal succès ; l'honneur de la patrie lui est confié, le sort de l'armée est dans ses mains, il n'exposera pas inutilement ses soldats par des ordres imprudents et par l'exécution d'un plan mal conçu.

Les législateurs, qui ont pour mission de condenser en quelques lignes, en quelques mots, les lois sauvegarde des peuples ; les administrateurs, qui sont chargés d'appliquer ces lois ; les juges, qui remplissent la mission sacrée de discerner le bien du mal, de protéger l'innocence, quelle que soit sa faiblesse, et de confondre le coupable, quelles que soient sa puissance et sa richesse ; tous ces hommes enfin, qui parlent aux peuples directement ou indirectement, se préparent longtemps à l'avance à remplir dignement leur mission difficile, et se recueillent chaque fois qu'un acte de leur ministère doit s'adresser à un simple particulier ou à un public nombreux.

Ainsi que nous le voyons, dans toutes les professions ou libérales ou manuelles, ceux qui veulent obtenir honnêtement des succès légitimement acquis, se préparent par un long temps d'épreuves, et calculent la portée d'une action avant de l'accomplir.

Pourquoi donc y a-t-il une exception à cette loi générale, et pourquoi un trop grand nombre d'écrivains se classent-ils dans cette exception? Au lieu d'étudier ce qu'on va publier, au lieu d'examiner attentivement si ce qu'on va dire aura une influence ou funeste ou salutaire sur le lecteur, on jette comme en pâture à des êtres affamés toutes les productions d'une imagination déréglée. Il serait bien de faire assaut de bon style et de bon sens; au contraire, on semble faire assaut de bizarreries et d'excentricités; il y a plus, on semble faire assaut de scandale.

Peu importe si la semence qu'on jette à grande volée sur la foule ébahie est de mauvais aloi, peu importe si elle va commencer la corruption des cœurs sains ou achever la corruption des cœurs déjà malades. Il y a des écrivains qui n'ont jamais les moindres préoccupations de cette nature.

Ces mêmes hommes et ces mêmes femmes qui, sous prétexte de littérature, usent et abusent de la presse à cinq centimes la livraison ou à un franc le volume, s'ils ont à écrire une lettre d'affaire, ne l'é-

crivent pas sans mesure. Ils ont soin de ne point
compromettre par une expression légère, hasardée,
leurs intérêts pécuniaires. Quand il s'agit d'une simple
lettre amicale ou polie, on pèse les termes pour ne
pas compromettre, par une formule mal venue, des
relations anciennes ou des relations nouvelles.

Dans un salon, dans ces réunions qu'on appelle
le monde, et qui sont à peine au monde ce qu'une
petite photographie est à un vaste paysage, on prend
bien garde de compromettre, par un nœud de cravate
mal formé, ou par une fleur mal placée dans les che-
veux, une réputation d'élégance dans le vêtement ou
de gracieuseté dans la coiffure. On craint de compromettre par un mot mal placé une réputation d'homme
plus ou moins spirituel, ou par un propos léger une
réputation de femme bien élevée.

Mais quand ces messieurs ou ces dames, s'armant
de la plume, s'adressent à la foule, à la grande foule
du peuple, alors plus de gêne, plus de retenue, plus
de formes polies, point de scrupules, foin des convenances. Les lecteurs et les lectrices ont de la curiosité ; ils veulent apprendre, on leur donnera toute
espèce de choses, *tant bonnes que mauvaises,* et surtout les mauvaises, puisque l'on ne veut pas et l'on ne
peut pas les placer ailleurs.

Avez-vous quelque scrupule, messieurs les écrivains
qui nous racontez les aventures, fausses ou vraies, de
tous les Mandrins possibles, voleurs et assassins, en
ayant soin de rendre intéressant, et non pas horrible,

le héros criminel seulement, puis, circonstance aggravante, vous déverserez, au besoin, le ridicule sur les hommes chargés de poursuivre ces héros des prisons et des bagnes.

On poétise le crime, on rend l'équité, la vertu dérisoires, et l'on offre tout cela en lecture à la jeunesse, qui voit ainsi attaquer directement ou indirectement les bons préceptes, les principes salutaires que des voix honnêtes lui ont fait entendre d'autre part.

Mais, en vérité, je ne sais si, à de pareilles sophistications littéraires, on ne doit pas préférer les sophistications mercantiles. Toutes les deux sont funestes ; cependant l'une l'est plus que l'autre. Qu'une denrée commerciale soit allongée et altérée, cela nuit à la bourse et peut nuire à la santé du corps ; mais les altérations qui nuisent directement à l'intelligence sont bien plus dangereuses ; car, tout le monde le sait, les maladies de l'âme sont bien plus graves que les maladies du corps.

Nous ne justifions pas ici l'existence d'un mal par l'existence d'un plus grand mal. Toutes les fraudes sont condamnables.

Quand on est dans cette voie du désordre, il faut s'arrêter ; quel que soit le nombre de pas qu'on ait fait, que ce nombre soit petit ou qu'il soit grand, si l'on aperçoit que le but vers lequel on se dirige est le mal, il faut s'arrêter et retourner bravement du côté de l'honnêteté, qui est toujours le côté de l'honneur.

Je le sais, les premiers moments du retour sont

difficiles, on ne veut pas s'avouer tout d'abord qu'on s'était trompé et qu'on avait trompé les autres, l'amour-propre s'en mêle, ainsi que la fibre orgueilleuse, et la fibre d'un écrivain est d'autant plus susceptible que l'écrivain a plus de renommée.

On ne veut pas s'avouer qu'on avait grandi dans l'erreur, et que la renommée et la gloire acquises, quelle que fût leur grandeur, n'étaient rien, absolument rien, si ce n'est le résultat d'une erreur.

Hélas ! amour-propre, orgueil, fausse gloire, à quoi tout cela sert-il ? En emporterez-vous quelque peu dans la tombe ? Et cependant, c'est là que vous irez ; c'est là que nous irons tous. Vous connaissez ce que nous disait à ce sujet, en 1599, le bon Malcherbe :

> Le pauvre en sa cabane, où le chaume le couvre,
> Est sujet à ses lois,
> Et la garde qui veille aux barrières du Louvre
> N'en défend pas nos rois.

Savez-vous, à ce moment, ce qu'il est bon d'emporter ? C'est une bonne action, c'est une bonne pensée ; si vous êtes écrivain, c'est une bonne page ; fût-elle seule, elle aide à franchir le terrible passage :

> Tout doit franchir ce terrible passage :
> Le riche et l'indigent, l'imprudent et le sage,
> Sujets à même loi, subissent même sort.
> ROUSSEAU (J.-B.).

Cette bonne pensée, cette bonne action et cette bonne page pèsent plus que l'or et le fer dans la balance divine.

Mais, soyez tranquilles, il n'y a de difficile, même en littérature, dans la voie du retour au bien, que le

premier pas ; et pour le faire, ce premier pas, il ne
faut que du courage. Or, le courage est la vertu française par excellence ; nous n'admettons personne à
prétexter de son absence.

Dès que le premier pas est fait dans une bonne direction, on en fait bien vite un deuxième, puis un
troisième, et puis d'autres. Plus on avance, plus on
marche avec ardeur, parce qu'on sent les épaules s'al-
léger graduellement du fardeau des mauvaises habitudes et des vieilles erreurs.

Nous disons ceci aux écrivains de la littérature romanesque, principalement à ceux qui s'adressent à la
foule, par la voix de la presse à bon marché. Nous
avons dit ce qui précède à tout le monde, mais surtout
aux chefs de la famille, et à ces mères tendres pour
leurs enfants, mais tendres jusqu'à l'excès de faiblesse.

Nous nous sommes permis d'écrire, de parler, et
cependant nous ne savons pas si nous serons lus ; nous
ne savons pas si nous serons entendus ; encore bien
moins pouvons-nous savoir si nous serons écoutés.

Néanmoins, nous avons écrit sans hésitation, sans
crainte, et, nous devons le dire, avec un peu d'espé-
rance que notre effort ne sera point sans utilité pour
la bonne cause littéraire.

On n'est pas toujours sûr du succès, on est rare-
ment sûr de réussir complètement ; mais on est certain
d'une chose, c'est de ne point mal faire en accom-
plissant un devoir...

La sentinelle perdue qui décharge son fusil sur un

corps d'armée s'avançant dans l'ombre et par sur-
prise, sait fort bien que l'ennemi ne va pas reculer sur
le coup, ou tomber la face contre terre. Cette sentinelle n'en fait pas moins son devoir.

Le soldat qui se précipite à l'assaut sait clairement
qu'à lui seul il ne prendra pas une ville forte; il sait
qu'il peut tomber avant la victoire, et que son corps,
gisant près de la brèche, servira de marche-pied et
d'échelon aux soldats qui le suivront; cependant il
fait son devoir jusqu'au triomphe ou jusqu'à la mort,
et son effort particulier concourt au succès général.

Nous aussi, sans l'appui des grandes recommanda-
tions, sans l'appui de la renommée aux cent bouches,
mais forts par la conviction du devoir accompli pour
une bonne cause, nous apportons une pierre à l'édifice
de la bonne littérature.

Si le triomphe ne couronne pas immédiatement nos
efforts faits pour la bonne cause littéraire, il les cou-
ronnera plus tard; si ce n'est pas dans notre temps,
ce sera dans un temps plus éloigné; si ce n'est pas
dans un siècle, ce sera dans dix siècles.

La vérité n'est jamais atteinte par la prescription,
les siècles ne l'effacent pas, ils ne peuvent que l'obs-
curcir; on ne l'empêchera jamais de reparaître avec
d'autant plus d'éclat, qu'on aura voulu la cacher plus
longtemps.

Imprimerie Dortu-Deullin.